겨울등대

강사랑 시집

시음사
시사랑음악사랑

그림에 시를 그리는 시인 강사랑

요즘 문화예술가들을 보면 다원 문화 시대에 걸맞게 각 분야에서 자질과 실력을 보여 주는 예술가들을 볼 수 있다. 참 부럽고 누구든 해보고 싶은 꿈이며, 간절한 바람일지도 모른다. 강사랑 시인은 다재다능한 실력을 보여 주는 시인이다. 화가로서 그림도 수준급이며, 2016년 한 줄 시 짓기 전국대회에서 대상을 받을 정도로 탄탄한 실력을 갖추고 있는 시인이다.

강사랑 시인의 시집 "겨울 등대"를 감상해 보면 다양한 지식과 폭넓은 경험을 기본으로 한 작품을 볼 수 있다. 현대 자유시에 근본을 두고 있지만, 독자의 감성을 끌어내는 서정시가 주류를 이루면서 때로는 정형시 그리고 서사시 같은 힘 있고 교훈적인 시적 표현도 볼 수 있다. 여류작가의 장점이라 할 수 있는 섬세함을 놓치지 않고 표현을 하고 있다. 즉 사물과 사물 사이, 그런가 하면 현상과 현상의 빈 공간을 찾아내는 집착으로 작품을 만들고 있다는 것을 알수 있다. 인간과 자연과의 만남, 그리고 삶이 주는 무게까지를 엮어 삼각형의 틀을 만들고 그 안에서 사랑과 아름다움, 슬픔과 분노를 표현해내는 시인의 능력도 볼 수 있는 작품집이다.

강사랑 시인의 첫 시집 "겨울 등대"가 시인을 세상에 탄생시켰다. 그동안 감추어져 있던 능력을 독자 앞에 드러내놓았다. 이제 평가는 독자의 몫이다. 선배 시인인 황진이처럼 대중적인 시인으로 남을 것인지 율곡 이이의 어머니 신사임당(신인선)처럼 시와 그림에 능한 예술가로서 한 가정의 현모양처로 남을 것인지는 앞으로 시인의 활동과 작품에서 독자들은 지켜볼 것이다. 많은 독자의 기억 속에 오래 남는 시인이 되길 바라면서 강사랑 시인의 "겨울 등대"를 추천한다.

사단법인 창작문학예술인협의회 이사장 김락호

시인의 말

꿈을 향한 진취적인 생각과 행동은
하루를 살아가는 삶의 에너지원이 됩니다.
사무엘 울만의 시 "청춘"에서
젊음은 어느 시기가 아니라 꿈을 갖고 있는 자에게
모두 청춘이라고 한 것처럼
나에게는 매일, 매일이 청춘입니다.

"나는 지금 내 나이를 사랑하라."라는 신조를 갖고
오늘도 낡아지는 나이를 사랑합니다.

내가 하늘을 날 때 시 하나를 따오고
혹여 넘어졌을 땐 시 하나를 줍는
시인이 되겠습니다.

시인 **강사랑**

스마트폰으로 **QR** 코드를 스캔하면
시낭송을 감상할 수 있습니다.

 제목 : 봄비 마중
시낭송 : 김지원

 제목 : 그녀는 아름답다
시낭송 : 김락호

 제목 : 꿈
시낭송 : 박영애

 제목 : 상사화
시낭송 : 박태임

 제목 : 석류
시낭송 : 김락호

 제목 : 설날
시낭송 : 최명자

제목 : 아버지와 노래
시낭송 : 박영애

 제목 : 잃고 얻는 것
시낭송 : 박영애

 제목 : 첫눈
시낭송 : 박순애

 제목 : 홀로서기
시낭송 : 최명자

 제목 : 겨울 등대
시낭송 : 박영애

 제목 : 해바라기
시낭송 : 박영애

 제목 : 호수에 비친 소리 시
시낭송 : 박영애

목차

목차

목차

목차

석류

파란 하늘 눈부신 9월에
가만히 서 있는 것만으로도
너무 행복해서 터져버린 웃음
선홍빛 잇몸과 하얀 덧니가
부끄러워도 어쩔 수가 없습니다.

천진스레 웃는 모습에
입맞춤하는 날은
내 두 눈은 더욱 맑게 빛나며
아름다운 여신의 향기에
미치도록 빠져듭니다.

알알이 박힌 핏빛 열정은
한여름 이글거리는 태양을 닮았으며
내 가슴에 투명하게 남겨진
붉은 그리움입니다.

찬란히 익어가는 가을날에
한 번뿐인 사랑이 아름답습니다.

제목 : 석류
시낭송 : 김락호
스마트폰으로 QR 코드를 스캔하면
시낭송을 감상할 수 있습니다.

감기

열병의 바이러스가 들어와서
몽롱한 머리
이유 없이 흐르는 콧물 눈물
책상 위에 너를 닦는 흔적 자꾸 쌓여만 가서 산을 이룬다.

가까이하기엔 먼 당신이기에
제발 오지 말라 했는데
꽃 피고 새들 노래하니
환절기 바이러스 가만있을 수 있나

봄바람이 살포시 들어와
이토록 성장통으로
받고 싶지 않지만
받아야 하는 바이러스 울렁증

잔병치레를 해야 아이는 젖병을 떼고
어른으로 가는 길을 배움 하듯
또 다른 진리를 깨닫게 해주는 감기 바이러스

그림이 있는 풍경을 쓰다

잃고 얻는 것

환상을 잃고 현실을 얻었다
내 것을 시간에 잃고 깨달음을 얻었다
밥상 위에 밥을 잃고 내 건강을 얻었다
어제를 잃고 오늘을 얻었다
꽃을 잃고 씨앗을 얻었다.

어제와 오늘
잃었고 얻었고
하여,
용기는 늘 그 자리에서
힘을 주며 잃을 것을 흘려버렸다.

세월은 하루하루 더해지는 것 같지만
언제나 변함없이 하루를 주고
또 하루를 얻었을 뿐
언제나 오늘 하루였다.

그 하루는 변함없는 하루이나
변하고 있는 오늘 하루다.

제목 : 잃고 얻는 것
시낭송 : 박영애
스마트폰으로 QR 코드를 스캔하면
시낭송을 감상할 수 있습니다.

오월 사랑

오월이 간다 하네요
아직 여물지 않은 사랑이 간다 하네요
해줄 것도 많고 할 말도 많은데
벌써 서둘러 간다 하네요
심장에 장밋빛 그리움만 남겨 놓고는

그대
죽도록 보고 싶은 때
나 어쩌라고
말없이 가시렵니까

라일락 향기보다 더 향기롭고
초록 실비단보다 더 부드러운 오월
더욱 진한 초록을 품으려
그대는 간다고 말을 합니다.

그림이 있는 풍경을 쓰다

내손에 행복이

언제부터인가
내 방에는 창문이 없습니다.

손에 곡 쥐고 있는
요술 상자 속의 아이콘들만 있지요.

요즘은
아침의 맑은 햇살도
비 오는 날 빗방울 소리도 대신 들려주네요.

창밖의 세상 이야기도
그리운 사람의 소식도 들려줍니다.

사랑하는 사람의 목소리도
보고 싶은 사람의 사랑스런 모습도 보여 주네요.
내 손에 행복이

촛불

불꽃이여 찬란하라
바람불어도 꺼지지 말며
울지도 말아라

가냘픈 곧은 심지와
노란 불꽃의 뛰는 심장
흐르는 하얀 혈액은 생이며
그 삶이 다 할 때까지
빛과 온기로
사랑을 전하라

경건한 마음으로 나를 낮추고
네 앞에선 작은 꿈들이 실현되는
그들의 간절한 소망 이룰 수 있도록
빛을 다하라

그림이 있는 풍경을 쓰다

망종

어머니는 일찍 일어나
비닐하우스의 고추 싹에 물을 주시고
아버지는 양동이를 들고 외양간으로 가십니다.
나도 따라 빗자루로 마당을 쓸어봅니다
산 까치도 반가이 노래하며
아침 싱그러움을 전합니다.

된장 시래깃국에 나물 몇 가지와 계란말이로
아침을 든든하게 채우고
어머니와 아버지는 들로 향하십니다.
모내기하려고 못자리를 살피시고
들 풀잎에 아직 이슬은 깨지 않아
신발은 촉촉이 젖어 발이 시원합니다.
좁다란 논길을 어머니 따라 신나게 걷습니다.

풀피리 하나 꺾어 불면
산새가 날아올라 이야기하고
꽃뱀도 나온 듯합니다.

일 년 농사에 신바람이 난
몽이 아버지도 푸른 보리밭에서
보리 베기가 한 창입니다.

뚝방에서 나는 몽이와 동무 되어
미리 엄마 아빠 되어 봅니다.

거울 앞에서

추억을 만들어도 추억이 없는 거울
분명 어제는 노란 빛깔은 하고
나에게 미소 전해주었다.

오늘은
어제와는 사뭇 다른 모습으로
변한 듯 변하지 않은 듯
미소 짓는 모습을 보여주었더니
어제의 젊음 한 조각 떼어 주며
또 다른 나를 발견한다.

추억을 거울 속에 숨겨 두고
거울 앞에 않은 또 다른 나는
지금 현재의 나를 사랑하라 말한다.

개망초

꽃이 보고 싶어
들길을 홀로 걸으면
어디선가 들려오는 사랑 놀음에
발길을 멈춘다.

연둣빛 옷을 입고
춤을 추는 너는
가지런한 하얀 이가
무척이나 매력적이다.

바람에 흐느적거리는 모습에
달려가 안아주고픈 가냘픈 몸매
진하지 않은 향기로 사랑을 유혹한다.

여름비야

산에 온통 메아리가 되도록
당신의 이름을 목청껏 부릅니다.

초록빛깔로 온 대지를 물들이며
환희의 새 생명으로 다시 태어나는
여름날 떨려오는 소리로 부릅니다.

하늘과 땅 사이에
곱게 이어주는 다리가 되어줄
당신을 나는 부릅니다.

더위에 지친 여름날에
목마르던 꽃잎도 나뭇잎도
여름비에 덩달아 웃고 있습니다.

주룩주룩 여름비는 더워야 오고
몽글몽글 내 사랑은 너여야만 옵니다.

시계

대바늘 두 개로 한 올 한 올
오늘을 짜내려 간다
즐거움, 기쁨과 슬픔의 무늬를 넣어주지만
밤이 되면 고단함으로 다 풀어헤친다.
그래서 아침이면 다시 새롭게
뜨개질을 한다.

한 코 한 코 뜨고 또 뜨지만
완성된 작품을 나오질 않고
대바늘 두 개 사이로 들어가고 나가고
실타래만 낡아간다.

언제나 한결같은 마음
급한 것도 느긋함도 없고
욕망도 분노도 없이
채워지는 삶이다.

첫눈

첫눈에 설렘이 가득하다.
사랑하는 내 여인을 기다리는 마음이다.

솜털처럼 떨어지는 눈꽃 송이를
두 손으로 받아보며 느끼는 짜릿함이다.

펑펑 쏟아지는 함박눈 속에 나의 욕심을
내려놓고 이유 없이 쏟아내는 웃음이다.

그저, 아무 생각 없이 마음을 비우게 하는
첫눈에게 사랑이 달려있다.

첫눈은 장소와 때를 가리지 않는
누구에게든 반가운 손임이다.

산자락에서 첫눈을 반기는 사람
퇴근길 차 안에서 첫눈을 바라본 사람
카페에서 누군가를 기다리면 첫눈을 본 사람
화실에서 음악실에서 작업에 열중한 사람
황금잉어 빵을 구워내는 사람에게도
첫눈은 이야기를 만들어 내는 마법의 가루다.

한 해 한 해 나이테를 만들어 내는 첫눈
하지만 그 나이를 잊게 하는 거 또한 첫눈이다.

제목 : 첫눈
시낭송 : 박순애
스마트폰으로 QR 코드를 스캔하면
시낭송을 감상할 수 있습니다.

그림이 있는 풍경을 쓰다

붕어빵

흰 눈 내리는 날
너는 그 딱딱한 틀 속에서
노릇하게 잘 구워져 나왔다
눈. 코. 입 오밀조밀하게 생긴 것이
작년 겨울에 만난 그 붕어빵이다.

흰 눈 내리는 날엔
아버지와 아들이
변함없이 두 손 잡고
길을 다정히 걷는다.
걷는 모습이 역시 붕어빵이다.

내 여인에게 입맞춤이 될까
그 작은 틀 속에서
젊은 혈기를 불태우는 붕어빵.
한 틀에서 나온 닮은꼴
끈끈하고 달콤함이 따뜻한 난로 되어
겨울을 포근하게 만드는 붕어빵이다.

첫사랑

너, 나만 사랑해라
내 것이 될 수 없는 너이지만
이미 내 사랑 되어버린 너이기에
난 너이고
너는 나이다
너와 나는 우리가 되지 않는 오직 나
나, 너만 사랑하리라

둘이 있어 하나 되는 나
하나 있어도 둘이 되는 그리움

너, 나만 사랑해라

그림이 있는 풍경을 쓰다

그녀는 아름답다

토실토실한 청매실이
하늬바람에 흔들리면
온 세상이 연초록으로 물들고
창가 화병에서 행복한 향기가 난다.

앞치마에 담겨진 행복에
마냥 설레는 마음으로
오늘도 사랑하는 이들을 위해
요리를 하는 그녀의 모습이 아름답다.

창 너머 바다색을 닮은 하늘을 바라보며
은은한 커피 향이 사랑을 전하면
오늘도 앞치마 속에
사랑을 감추고
행복을 꿈꾸는 그녀는 더욱 아름답다.

제목 : 그녀는 아름답다
시낭송 : 김락호
스마트폰으로 QR 코드를 스캔하면
시낭송을 감상할 수 있습니다.

청춘

사랑할 수 있다고 말하는 힘이 청춘이란다.
사랑을 위해 내가 무언가 할 수 있는 시간이 청춘이란다.
사랑하며 아파 울기도 하는 눈물이 청춘이란다.
사랑 찾아 길을 잃기도 하며 또 새로운 길을 찾는 것이 청춘이란다.
풀벌레 소리를 좋아하며
옛 시인의 사랑시를 낭송하며 감성에 젖고
청춘은 기대가 되는 사람
내일이 있는 사람에게 모두 청춘이란다.
그대와 나
우리는 서로 사랑하기 때문에 청춘이란다.

그림이 있는 풍경을 쓰다

오늘은
어제와는 사뭇 다른 모습으로
변한 듯 변하지 않은 듯
미소 짓는 모습을 보여주었더니
어제의 젊음 한 조각 떼어 주며
또 다른 나를 발견한다.

그림이 있는 풍경을 쓰다

겨울바람

겨울바람에 발이 시린 해님
부엌 아궁이 깊숙한 곳까지 다리를 길게 뻗는다.

온기 가득한 방안에서 군고구마가 달큰하게
겨울 오후를 익히고 있다.

냉정한 겨울바람에겐 아무도 없다.
외로운 겨울은 굴뚝의 피어나는 하얀 연기만
헝클어뜨리며 요리 기웃 저리 기웃
따뜻한 품속 찾아볼까 하지만
어느 누구도 마음 열어 주는 이 없다.

마알간 하늘빛 투명한 보석을 줘도
꽃들은 잠에서 깨어나질 않는다.

설날

어제 갓 태어난 아기는
떡국을 먹지 않았는데도 두 살이란다
새해 아침이다.
찬 서리 내려 춥고, 차가운 바람이지만
엄마 품에 있는 아기는 두려울 것 하나 없다.
일 년 동안의 성장이 가장 긴 세월을 배우고 먹는다.

어제는 묵은해, 오늘은 새해
늘 반복되는 하루하루 다짐이
얼어붙은 땅속에서 새싹이 꿈틀거리고 있다는 것을 안다.
그래서 세상은 살맛나는 세상이라고
어른들은 아이에게 가르치고
아이는 그 맛난 세상 많이 먹으려 욕심이 많다.

추운 설날이지만 웃음이 되는
어른들의 덕담과 세뱃돈에 참 따뜻하다.
큰 솥 안에서 한 살 주는 떡국이
보글보글 잘 끓어 넘친다.

떡국 먹는 아침에는 어른도 아이가 되어
착하게 살기를 다짐하고 따뜻한 정종 한잔에
몸도 마음도 붉게 익는다.

제목 : 설날
시낭송 : 최명자
스마트폰으로 QR 코드를 스캔하면
시낭송을 감상할 수 있습니다.

겨울 등대

눈이 오지 않은 겨울 가뭄에 갈증이 난다.

갈증이 나서 바닷물을 마셨다.

바닷물은 술이 되어 출렁거리지만 취하지 않는다.

나는 그 자리 변함없이 지키고 있는데 세월은
어느덧 젖먹이 아기를 큰 아이로 만들어 버렸다.

오늘도 최선의 노력으로 피아노 발성 연습을 하지만
10년이 되어도 그 자리다.

밤이 내려앉은 깜깜함에 등불을 밝혀야 한다.

거침없이 출렁거리는 파도를 견디며 달려오는
배 한 척의 심장 소리를 들어야 하기 때문이다.

늘 변함없이 기다리는 마음 하나 등대여!

저녁 식탁은 널브러져 있다.

아침에 먹다 남은 해장국과 우유와 맥주 한 캔이 전부인
겨울 등대의 만찬이다.

그리고 뜨다만 털목도리가 식탁 구석에 자리한다.

완성되지 않은 털목도리는 겨울 찬바람을 막아 줄 거라는
희망의 입김을 내고 있다.

제목 : 겨울 등대
시낭송 : 박영애
스마트폰으로 QR 코드를 스캔하면
시낭송을 감상할 수 있습니다.

그림이 있는 풍경을 쓰다

봄을 기다리는 사람들

바깥 네모난 틀 속에 갇혀있는 사람들이
얼음을 구워 먹고 있다.

바람이 자유롭게 오고 가는
틈새에 내일을 잊은 지 오랜 사람들이
새봄이 오리라는 믿음 하나로
오늘만을 살아간다.

봄이 온다는 것을 알기에
위장을 채워야만 하는 사람들
그들은 젤 먼저 들을 것이다.
얼음 녹는 소리를
문이 없는 문을 봄이 노크하는 소리에
웅크렸던 몸은 기지개를 켜며 외칠 것이다.
나는 살아있다고.

봄이 이리 애타게 오는 건
겨울과 봄 사이에 커다란 벽이 있어
먼 길은 돌고 돌아 산 넘고 강 건너오는 중이기에
봄은 힘든 설렘으로 소리 없이 그들에게 안긴다.

너무 예쁜 너

우주복 안에서
빼꼼히 바라보는 똘망한 두 눈망울
야무지게 다문 작은 입술
너무 예쁘다.
기분 좋아 메롱, 푸우
어느 짓이든 예쁘지 않은 짓이 없다.

엄마와 두 눈이 마주칠까
까르르 깔깔
웃음이 숨을 헐떡이게 한다.
그 웃음소리에 이모도 덩달아 숨이 넘어간다.
까르르 깔깔
마술쇼에 빠지고 마는 까꿍 놀이
까꿍. 까꿍. 까꿍
아가의 놀라운 신세계다.

처음 보는 그림책
빨간 딸기 노란 꿀벌 파란 고래를
손으로 조물락, 조물락
새롭고 신비로운 첫 경험이며
오감을 느끼는 혀끝의 감촉이고
모든 건이 새로운 건 조카의 소유주가 커감이다.

바라만 봐도 좋다

나는 너를 딱 한 번 보았을 뿐인데
왜 자꾸 보고 싶지

엄마 젖을 빠는 작은 핑크빛 입술에
하얀 젖을 묻히고 침 흘려도
젖 냄새가 비릿하게 나도 좋다.

그저 바라만 봐도 좋고
안아 주면 우리 아가 체온을 느껴 더욱 좋고
오늘도 먹고 자고
자면서 먹고 또 자고
그것이 하루 일과이다.

가끔 소리 없이 웃어 주는 미소가
태어나서 처음으로 행하는 효라고나 할까?

이상하게 이끌리는 묘한 중력의 힘이
그 작은 몸에서 나오니
말하지 않는 매력이 분명 어딘가 숨어 있음이다.

로또 인생

한때는 재벌을 꿈꾸기도 하였지
돈 벌기가 죽 먹기보다 쉽다고 느낄 때
세상을 만만히 보며 우스웠지
백 년 한평생을 짧다고 느끼며
하루하루 지나가는 젊음이 아쉽기만 했지

흔들리는 동공의 초점을 바로 세웠을 때
환상과 공상과 꿈이라고 느꼈던 모든 것이
사라진 뒤
현실을 알아보았지

지갑에 들어 있는 만 원 한 장으로
따뜻한 순댓국 한 그릇 먹을 수 있었지
감사한 마음이 삶을 위로하지만, 위안이 되지 않는
돌이킬 수 없는 지난 과거에 대한 나의 선택

환상을 꿈꾸며 걸어온 걸음은
러닝머신 위에 내가 있다는 것을 알았지

봄비 마중

예쁜 임이 오신다기에
노란 우산 하나 들고 봄 마중 갑니다.

시가 되고
그림이 되는 풍경을 한 아름 안고
소리 없이 사뿐사뿐 걸어오십니다.

봄 바구니에 쑥과 냉이를 가득 담고
해맑은 미소 한가득 담아 오십니다.

진달래와 개나리를 닮아
가녀린 몸이지만
오시는 임 반기려 커다란 목련을 피웠습니다.

노란 우산 살며시 감추고
먼 길 오신임을 온몸으로 맞이하면
설렘에 순간의 행복은 기쁨의 눈물 되어
소리 없이 대지의 깊은 곳까지 적십니다.

내일은 온 세상에 봄꽃이 만발할 것 같습니다.

제목 : 봄비 마중
시낭송 : 김지원
스마트폰으로 QR 코드를 스캔하면
시낭송을 감상할 수 있습니다.

향수

가지 못할 곳이라
늘 그리움이다.

먼 산에 흰 구름 잠시 쉬어가면
내 어릴 적 같이 놀던 친구들 생각나
눈시울 적시어진다.

꿈 많던 어린 친구들
이젠 애 엄마 되어 평범한 주부로 늙어가고
세월은 무심하다.

깊은 밤 스탠드 불빛이 가물거리면
엄마 생각에 가슴 타는 내 마음처럼
한 잔의 커피는 향기만 남기고
사라진다.

오늘 밤 봄바람에 흔들리는 둥근 달은
가고픈 고향 생각으로
웬일인지 더욱 애처롭다.

빈 잔

너에게 온기도 전하고 싶고
에너지도 되고 싶은데
내 안에 채워진 건 아무것도 없다.

주고 싶어도 줄 수 없는 심정
채우려 해도 채워지지 않은 열정이다.

싸늘히 식어간 빈 잔에
허공을 가득 채운 서러운 삶
눈물만이 그 마음 토닥이며
하늘 아래 완전한 외톨이로 침묵한다.

우유도 담아보고 싶고
커피도 담아보고 싶고
술 한 잔 담아보고 싶은
빈 잔의 서글픈 마음이다.

내가 나를 채우지 못함은
버리지 못하는 나를 잡고 있기 때문이다.

막걸리

너는 내 안으로 들어와
나를 흥분케 한다.

구름 위를 날고 있는 듯
손과 발은 어느새 날개를 달았다.

한 모금 한 모금
너를 내 몸 안에 들이킬 때마다
나는 몽롱해져
한 마리 새가 되었다.

얼굴은 벌써 홍조가 되어 붉게 익고
가슴은 밖으로 나와서 쿵덕쿵덕
떡방아 찧고 있다.

야릇한 너의 하얀 미소에
저녁은 다 익어 버리고
솥에서는 김이 나지 않는다.

빈혈

뿌연 안갯속에 실루엣만 가물거린다.
만질 수도 느낄 수도 없다.
맥없이 쓰러지며 어지러운 세상이다.
너에게 수혈을 받아야 비로소 눈빛은 밝아진다.

그림이 있는 풍경을 쓰다

빈 벤치

수목원 가로수
벤치 하나 그려 놓았습니다.

정든 임 오실까
쉬어가실까

벚꽃 휘날리는 날 오시겠지
태양이 뜨거운 날 잠시 쉬었다 가시겠지
단풍 고운 날 낙엽 밟으며 사뿐 걸어오시겠지
흰 눈이 온 세상 하얗게 만들 때
내 임 오시겠지

정 주고 떠나버린 임
기약 없는 기다림에 젖어
빛바랜 빈 벤치에 또다시 곱게 색 입힙니다.

첫눈에 반한 사랑

줌으로 널 끌어당긴다.
한 눈으로 널 바라봤을 때
내 가슴에 널 찍었다

너는 꽃이요
너는 하늘이요
너는 나무이며
너의 아름다움을 내 눈에 다 넣어
심장 깊숙이 숨겨 놓고
어쩌다 생각이 나면
그때 또 한 번 꺼내본다.

셔터를 누르며 빛을 너에게 보내면
화들짝 놀란 나는 그 순간
아름다운 시간을 멈추게 할 수 있다.

뷰파인더로 보는 세상에는
또 다른 나를 담을 수 있는 소우주가 있다.

봄이 이리 애타게 오는 건
겨울과 봄 사이에 커다란 벽이 있어
먼 길은 돌고 돌아 산 넘고 강 건너오는 중이기에
봄은 힘든 설렘으로 소리 없이 그들에게 안긴다.

그림이 있는 풍경을 쓰다

행복을 짓는 여자

풀잎이 마알간 이슬을 먹고
안개가 신비함을 가져다주는 산골
밤이면 수 없이 쏟아지는 별들을 가슴으로 받아
소녀는 꿈을 꾸었다.

하얀 꿈들이 희미하게
도시로 깊은 도시로
세월 따라 흘러왔다.

자아가 꿈틀거리는 오직 나
그 하나가 둘로 둘에서 넷으로
풍성해진 식탁이다.

매일 같이 떠오르는 태양을
그들에게 나눔 해주는 삶이다
해 뜨면 사방으로 흩어졌다가
해지면 내 곁으로 모여드는 그들을 위해
편안함의 휴식을 저축한다.

세상이 험난하여도
내 빛을 바라보는 나 닮은 너를 위해
부끄럽지 않게 걷고 또 걸으며
밥 뜸 드는 냄새를 집안 가득 채운다.

고향을 찾는 방랑자

외로움이 안기는 날
나는 방랑자가 된다.

그림처럼 피어오르는 보랏빛 안개가 가득한 날
언덕에 오르면 어디선가 푸드덕
날아오르는 까투리 한 마리 발견하곤 한다.

까투리가 날아간 둥지 안엔
보호받지 못한 알들이 있다

나는 가던 길 계속 걸어 약수터로 갔다
끊임없이 퐁퐁 솟아나는 맑음은
방랑자에게 향유 할 수 있는
자연의 욕구를 가득 채울 수 있다.

안개가 걷히고 풀잎 위 이슬이 침묵하는 정오에
언덕을 내려오면 어느덧 외로움은
푸른 날개 달고 저 먼 산으로 날아간다.

방랑자의 고향은 그 유년시절을 회상하는
엄마 젖무덤 같은 곳이라
늘 그리움으로 눈시울 적시게 하며
가슴 벅차오른다.

그림이 있는 풍경을 쓰다

보물

좋은 사람과 함께 동행 하는 것이 성공이라면
나는 성공했다 하지요.

그대는 좋은 사람이니까
당신을 만나 행복합니다.

휴식

어린아이 마음으로 다 벗어 던지고
내 안으로 들어서는 자유로움이라
이 시간만은 세상에서 가장 값진 보석과도 같은 편안함이라.

그림이 있는 풍경을 쓰다

아버지와 노래

노래 속에 아버지의 삶이 있다
아버지 삶 속에 노래가 있다
노래 한 가락 한 가락이 아버지다

푸른 목장에 젖소 다섯 마리가 새벽을 깨우면
아버지는 양동이에 하얀 희망을 짜냈다

덜컹거리는 비포장도로를
자전거 페달을 밟으며 음표를 달았고
집으로 돌아오시는 아버지의 발걸음엔
내 새끼들 웃음을 빈 우유병에 담았다

아버지는 노래하는 직업을 가진 것도 아닌데
노래를 하시고 노래 속을 걸으셨다

어린 소년가장의 가난함도 노래로 채우며
젊은 시간의 부서진 아픔도 장구 소리에
설움을 다 담았다

초록 무성한 이파리엔 어느새
흰 눈이 내려앉고
굽어진 가지만 앙상하여
좀처럼 펴지질 않는 늙은 청춘이 되었다

적막한 밤을 소리 없이 씹어 삼키시며
썩지 않을 눈물로 하루를 재우고
말 없는 가르침은
늘 우윳빛깔을 닮으라 하였다

제목 : 아버지와 노래
시낭송 : 박영애
스마트폰으로 QR 코드를 스캔하면
시낭송을 감상할 수 있습니다.

그림이 있는 풍경을 쓰다

배꼽

양수 안에서
생명수가 전달되어진
굵은 탯줄 하나
세상에 나와 매듭짓고 나면
나의 중심점이 된다.

배꼽을 중심으로 돌아가는 시간
아이는 엄마가 그리울 때
배에서 쏙 들어간 배꼽을 후벼댄다.

그러면 그 배꼽시계는 돌고 돌아
어린아이를 어른으로 보이지 않게 성장시킨다.

그 탄생의 흔적 하나 배꼽이
사람마다 얼굴 생김새가 다르듯
배꼽도 다 다르다.

쏙 들어간 것, 볼록 나온 것
옆으로 누워 있는 것, 세로로 길쭉한 것
배꼽은 예쁘고 안 예쁘고가 없이
소중한 생명체의 증표이고 내 삶의 연결고리이다.

배꼽은 나보다 먼저 태어난 그들 배꼽 맞춤의
하나로 뭉쳐진 옛 시간이다.

그림이 있는 풍경을 쓰다

그날의 영광

바르르 떨리는 손과 심장이
하늘의 공기와 입맞춤 한다.

열정과 환희 사이에서 태어난
아름다운 불씨 하나가
아궁이 속에서 몸살을 하다가
비로소 세상 밖으로 나왔다.

오늘의 영광
사회자가 소리쳤다
"대상에는 강, 사, 랑"
관중들은 스스로를 위해 박수를 보내고
웃음은 앞을 향해 걸었다.

2016년 6월 19일
마흔 세 번째 생일과 난생처음 하는 일등
영광스럽고 잊지 못하는 날이라
감동은 잔잔하게 흘러간다.

그날의 빛과 눈물은
내 마음을 통통하게 살찌운다.

잔치는 이제 시작이다.

푸른 웃음을 함께 나눌 수 있는
아름다운 시인의 탄생이다.

그림이 있는 풍경을 쓰다

어머니의 청춘

어머니는 추억의 책장을 넘기시며
빛바랜 사진 한 장 속에
당신이 얼마나 젊고 아름다웠는지를
새삼 흐느낍니다.

칠십 평생 살아온 날
푸른 하늘을 바라볼 틈도 없이
여기에 멈춰 서니
어느덧 어린 손주 녀석이
성년이 되어 술 한잔 마주 부딪힐 날을
꿈꾸신다.

앨범 안에 갇혀 있는 과거의 시간 속에
지금 당신 옆에 없는 옛사람을 그리워하며
노을이 그리움처럼 타들어 가는 저녁
당신 아들이 어느덧 그때 그 청춘을 걷고 있다.

청춘을 눈물을 삭히는 고뇌의 빛깔이며
청춘은 멀리 바라볼 때 비로소
푸르다는 것을 알 수 있듯
당신은 아직도 푸른 잎의 청춘입니다.

홀로서기(겨울등대)

사랑이 내려앉은 겨울밤 바다는
고요하고 깨끗하여 텅 빈 내 마음의
잔잔한 숨으로 호흡하여라

살천스런 폭풍이 몰아쳐도 절대로
나는 쓰러지지 않을 것이며
슬프다고 울지도 않을 것이다.

홀로 선다는 것이 누구나 가야 하는 길 아니런가

내가 지켜야 하는
두대박이의 등불이 되어야 하기에
오늘도 소리 없이 심장을 두드리며
작은 소망 하나로 율기하는 나는
심살내리는 나의 찬란한 고독으로
바다 위의 모든 생명을 살포시 안아
외롭지만 진정 외롭지 않은 겨울 등대가 되리라

당당하게 외쳐보자
파도여 거친 파도여 내게로 오라
내게로 오는 것은 그 무엇이든
다 산산이 부서져 빛이 되어라

제목 : 홀로서기
시낭송 : 최명자
스마트폰으로 QR 코드를 스캔하면
시낭송을 감상할 수 있습니다.

그림이 있는 풍경을 쓰다

비나리

나의 한숨이
나의 노래가
나의 몸짓이
아름다움으로 빛이 되게 하여 주소서

기억

초록이 눈부신 여름
한 줄기 강물은
나에게 젊음이였다

강물은 바다로 가 버리고
남은건 기억 한 장
나는 당신을 보았습니다.

그림이 있는 풍경을 쓰다

자연치유

바위와 바위 사이 흐르는 계곡 물소리
어제의 고단함을 잠시 잊어보면
초록이 좋은 이유가 여기에 있다.

내가 호흡하고 볼 수 있고
헷바닥의 감각도 살아있으니
너는 나에게 준 것 없어도
너는 나에게 다 주었다.

여름은 청춘
세상 모든 것 생동함이
너만 바라봐도 나는 옷을 벗는다.

자연으로 돌아가려는 본능이다.

너의 아침부터 저녁까지를
쫘악 훑어 내리면
어느새 하루는 또 고단함으로
초록이 내 미소 안에서 여울, 여울 춤을 춘다.

가슴앓이(석류)

가슴이 콕콕 아린다고
눈살을 찌푸리며
밤새 앓던 통증
가슴을 뚫고 나온
지워지지 않은 그리움들

가을 햇빛을 반쯤은 녹여
심장에 저장해 두었다가
참아내지 못한 붉은 그리움에
찬란하게 빛나는 루비로
톡톡 터져 버려라

그림이 있는 풍경을 쓰다

꿈(한여름 밤의 불꽃놀이)

어쩌자고 불꽃은 이리도
찬란한가!

젊음을 휘익 감고 올라가는 푸른 빛줄기
꽃이 아닌 꽃이 가슴에 피어
어둠에 오색찬란하게 뿌려진다.

탄성을 지르는 어린아이의 함성
넋이 나간 여인들의 발걸음
수험생을 둔 간절히 모은 어미의 두 손
불꽃을 향해 날 던 나방 한 마리
원하는 곳으로 시간 여행을 떠난다.

한낮의 여름 더위를
밤의 적막으로 살짝 눌러 놓았다가
허공 속에서
터지는 불꽃의 비명소리에
어둠의 전령이 잠에서 깨어난다.

부서지는 불빛들은 희망을 안고
끈적한 여름밤 바람에도 흔들림 없이
위로 솟아오르며 별이 된다.

젊은이여!
빛을 보고 별이 되어라
불꽃의 혁명은 바로 이것
한여름 밤하늘을 아름답게 수놓는 것이다.

제목 : 꿈
시낭송 : 박영애
스마트폰으로 QR 코드를 스캔하면
시낭송을 감상할 수 있습니다.

그림이 있는 풍경을 쓰다

허수아비

황금 들판에 덩그러니 두 팔 벌려
누구라도 안고 싶어 하는
누더기 옷을 입은 할아버지
황금 들판이면 무엇하리
가슴은 텅 비어 허허로운걸!

평생 새 옷 한 벌 입지 못하고
외롭게 그곳을 지키고 있으니
단풍 고운 날
참새라도 날아와 조잘거려 주었으면 좋겠다.

가을이면 언제나
참새와 허수아비는 주역으로
가을 풍경을 꽉 채운
젊은 날의 풍경이었다.

이젠 허수아비 할아버지 세대는
멀어지고 참새도 멀어진다.

그립다.
황금 들판의 어르신
사치라는 것과 욕심이라는 걸 모르는
항상 웃음으로 화답하는 허수아비 할아버지가

수액

머리가 두 쪽으로 쪼개지는 통증
밤새 잠을 못 이뤘으니
늙은 해가 얼굴을 내밀자마자
내 발걸음도 힘겹게 옮겨 간다.

날카로운 주삿바늘이 혈관을 뚫고
젊은 수액을 공급한다.

방울방울 떨어지는 액체는
오직 한 곳으로만 떨어지기를 고집한다.

내 혈관을 따라 너는
얼마큼 지구를 돌았을까

한참을 딴 세상 구경하고 돌아왔을 때
홀쭉해진 그 몸뚱이는 빈껍데기뿐
나는 너로 인해 살아났다.

젊음을 주는 수액이
잃어버린 오후를 되찾아 주고
선명하게 비치는 여름 색으로 옷을 입으면
풀꽃 향기는 코끝으로 와서 숨 쉬는 것이 부드럽다.

너는 꽃이요
너는 하늘이요
너는 나무이며
너의 아름다움을 내 눈에 다 넣어
심장 깊숙이 숨겨 놓고
어쩌다 생각이 나면
그때 또 한 번 꺼내본다.

그림이 있는 풍경을 쓰다

여행

우리가 가야 할 곳에
누군가 기다리는 이 있어 가는 건 아니다.

바람처럼 흐르다 바람이 멈추는 곳에
내 영혼을 속삭여 본다.

길이 없는 곳에
길이 있는 것처럼
어제의 태양이 오늘 그대로 떠오르는 것에
환희의 웃음을 내일로 이어질 수 있도록
행복을 어루만진다.

내일을 여행하기 위해
오늘 배낭 속에 시계, 카메라, 약간의 간식
여벌의 옷과 시집 한 권과 향수를 넣는다.

여행은 어린아이 마음같이 흥분되며
애드벌룬처럼 가슴 부풀게도 한다.

이런 내 나이를 길모퉁이에 뿌리면
지나온 자리에 꽃이 피기 시작한다.

향기를 전하는 인생여행길이 아름답다.

가비의 유혹

진한 갈색 향기를 갖고
서분서분한 성격의 가비
괭하게 닦아 놓은 그릇에 앉아있다.

투레질하는 앙증맞은 입술에
목젖을 타고 마중물 되어
너를 느끼는 이 시간
물마루를 찾은 오르가슴이다.

너의 부드레한 몸짓에
나는 체온을 유지하며
겨트로이 너와 마주하는 아침선반은
너의 향기가 내게 전해질 때
너는 내게 다 스며들어와
완전한 내가 되어 날연하다.

*뜻 풀이
괭하게...아주 맑고 깨끗하게 / 투레질...젖먹이 앙기가 입술을 떨며내는 소리
물마루...물이 놓이 솟은 그고부 / 부드레한...부드러운
아침선반...일터에서 일꾼에게 아침을 먹인후 잠시 쉬는 시간
겨트로이...한가로이 / 날연하다...노곤하고 곤하다.

그림이 있는 풍경을 쓰다

바다가 해를 품을 때

내가 그 먼일을 느낄 수 있는 건
아픔 속에서 피어난 어머니의 웃음을
길래하고 싶기 때문입니다.

피와 살을 다 주시고도 모자라서
귀한 목소리와
봄날의 바람처럼 부드러운 손길로
열 달 동안 품어 주셨습니다.

식지 않은 당신 몸의 따뜻함으로
나를 기쁨 해 되라 하시며
후더침도마다 하지 않으신
어머니!

갓 태어난 동살의 잔생이일지라도
심살내리는 검푸른 희망의 아라
깊은 마음 부드레합니다.

붉게 물들며 윤슬 내리는 아라는
늘예솔 같은 하람 입니다.

* 뜻 풀이
길래...오래도록 / 기쁨해...기쁨을 주는 해처럼 살라
동살..새벽에 동이 터서 훤하게 비치는 햇살
잔생이...지긋하게 말을 듣지 않는 모양새
후더침...산후 생기는 병 / 윤슬...햇빛이나 달빛을 받아 반짝이는 잔물결
아라...바다 / 늘예솔...언제나 예쁘고 소나무와 같이 변함없다
하람...하늘이 내리신 소중한 사람

시월에

노란 미소로 추억 길 걸으며
그대는 가을 되어
예쁘게 녹아 흐릅니다.

그대는 어린 생각을 청아한 빛으로 연주하고
어머니 입김처럼 따스한 호흡으로
춤을 춥니다.

사랑하는 마음에 감사의 열매가 열리고
그대는 가을 하늘빛 미소를 머금고
정오의 태양빛으로 꽃들에게 희망을 전합니다

시월에 만난 고마운 그대
늙어가는 농촌의 들판을 바라보며
비우는 마음과 나누는 마음에 문을 열고
초침도 없는 모래시계처럼
평온함을 석양빛으로 물들이는 가을입니다.

그림이 있는 풍경을 쓰다

여름 더위

가만히 있는데 옷을 벗긴다.
빛을 닫고 그늘을 내리고
먼 바다에서 오는 하늬바람을 맞이한
그대는 기세 든든함으로 힘이 넘쳐흐른다.

더위를 안아버린
수박은 붉은 속살을 보이며
부끄러운 줄도 모르고
해실 대며 웃고 있다.

뚝배기 속의 영계는 다소곳이 앉아
인삼과 대추가 하나 되어 멱을 감는다.

검붉게 타오르는 정열의 태양이
여름 바다에 스며들어오면
여름밤 바다는 파도를 사르르 잠재운다.

밤낮없이 울어대는 매미의
비명소리가 귓전에 살살거려
기웃거리는 더위마저도
잠을 이루지 못하고
한여름 밤의 축제는 계속된다.

운동

나는 지금 걷고 있다
걷지 않으면 내 다리는 뿌리가 되고 만다.

십 년 전의 이 시간
그리고 지금 이 시간
또 십 년 후의 이 시간
나는 걸었고 또 걷고 있을 것이다.

걷지 않으면 종점에 더 일찍 멈춰 서고
그곳을 향해 걸어야만 나는 살 수 있다.

두 발로 씩씩하게 행진하자
젊음을 호흡하자
이 시간 운동만이 인생의 전부가 아닌 모든 것이다.

내가 운동하는 이유는
최상의 컨디션을 만들고 유지하기 위함이다.

내가 살 길은 오직 하나
스스로를 치유할 수 있는 명상뿐이다.

그림이 있는 풍경을 쓰다

여름밤 잠 못 드는 사람들

해가 바다에 떨어졌는데도
아직 훤하다.

더위 때문에 밤이 내려오지 못한 까닭이다.

열대야가 깊을수록 사랑 찾는 매미 족속들
불도 켜지 않은 로데오거리에서
다급해진 수컷들의 울부짖음은
술에 취해 비틀거리며
나방인 양 불빛만을 쫓는다.

맨정신으로는 살아가기 힘든 여름밤
더워야 매미는 껍질을 벗고 사랑을 찾는다.

여름밤 잠들지 못한 사람들
침묵으로는 절대 생존할 수 없는
지독한 소음에 젖어있는 도심 속의 애절한 마음
밤이 깊으면 깊어질수록
그리움의 파편들은 잘게 부서진다.

빈 콩깍지

푸르른 꽃 투리
하얗게 꽃피워볼까 해서
민낯으로 임을 맞이하였다.

선바람이 좋아서 맺어진 인연
콩깍지 안에 사형제
졸망, 졸망 피워냈다.

태양 빛은 안다미로 넘쳐흐르고
는개는 땅을 촉촉하게 밟아주니
탱글탱글한 콩을 사방으로
터트려 각자 뿌리 내리게 하고
남은 건 홋홋해진 빈 콩 깍쟁이 하나

어디로 가야 하는가
이곳에서의 삶이 늘 채어
저곳으로 갈 날 얼마 남지 않았다.

마지막 열정을 아궁이 속에서
인생을 마무리하니
그 한 많은 세상 한 줌 재로 남는다.

그림이 있는 풍경을 쓰다

달맞이꽃

그대에게 편지를 씁니다.
오늘 같은 밤에는
그리움은 밤하늘별이 되어
바람의 흔들림 없이도 내 가슴에 떨어집니다.

지독하게 사랑하고 싶은
어느 날
그대의 숨은 그림자를 밟으며
향기에 흠뻑 젖습니다.

향기 뚝뚝 떨어져 보고 싶은 마음
흔적만 남기고
그리움은 또다시 별이 됩니다.

그대를 그리워하는 것은
내가 사랑하는 것보다 더 큰 기쁨이 되고
내가 그대를 사랑하는 것은
내 안에 그대가 남아 있기 때문입니다.

고맙다 당신

말로 표현이 안 되는 당신
정말 고맙다.

파란 가을 하늘에
당신 그리움 다 담아내면
기쁨은 몽글몽글 피어오르겠지

카푸치노의 거품처럼
하얀 웃음을 가슴에 수놓아 주는 당신
옆에 있어도 그리움이 되는 당신
정말 고맙다.

생각나고 또 생각나는 당신
보고 또 봐도 보고 싶다.

아침 햇살이 나팔꽃을 보는 것처럼
나팔꽃이 아침 햇살을 받아 드리는 것처럼
나는 당신에게 정말 고맙다.

앙증맞은 사랑 고백에 하고 싶은 말
정말 고맙다.

그림이 있는 풍경을 쓰다

5월에 태어난 그녀

밤새 초록 폭풍이 휘몰아치더니
내 가슴에 붉은 장미 한 송이
눈물로 피어났다.

내가 너를 얼마나 사랑하는지
6월의 태양이 붉은 장미를 품으로 안았다.

그 고운 입술에 입맞춤하는 날엔
나의 근심 걱정은 사라지고 노래 부른다.

"당신이 세상에서 제일 아름다워"
"당신만을 영원토록 사랑해"
"진심으로 생일 축하해"
그 말 한마디는 오월의 여왕을
더욱 빛나게 한다.

오월에 향기로 피어난
장미의 미소를 내 가슴에 가득 담아본다.

자화상

모진 바람에 씨앗 하나 날아오더니
어느 한 곳에 터를 잡고 꽃으로 피어났습니다.

한 빛깔 한 모양인데
방향을 달리할수록 바꿔어 보이는 현상이
무지개를 닮은 태양 꽃 같습니다.

태양 꽃으로 피어나서
한 울타리 안을 환한 빛으로 밝힙니다.

그리고 나를 바라보는 이들에게
향기로 보답합니다.

해가 뜨기 전에 이슬을 깨워야 하며
꿀벌에게 꿀을 나눔 해줘야 비로소
내 자리를 찾습니다.

나는 태양 꽃으로 피어납니다.

좋은 인연

생각만 해도 설렘을 주고
바라만 봐도 마음의 힐링이 되며
떠난 후에도 향기가 남은 사람이라면
좋은 인연이겠지
마치 너와 나인 것처럼

그림이 있는 풍경을 쓰다

오빠

부르면 부를수록 정이 더 가는 소리
"오빠"
어린 시절 오빠만 한 남자는 없었지
늘 동생만을 생각하는 우리 오빠

오늘도 한 번 불러 본다
초등학교 어린 날처럼 "오~빠" 하고
자전거 뒤에 동생 태우며
비포장도로와 신작로 길을 달렸고

소풍날에 먹지 않고 남겨온 과자 한 봉
비 오는 날에 먼저 마중 나와주었고

개울가 징검다리 업어서 건네주며
은하수 별빛 쏟아지는 밤길
돌부리에 넘어질세라 손 꼭 붙잡아 주던 오빠

어린 나이에 낯선 땅에서
오빠는 나에게 비전이고 희망이 되었다.

언제나 긍정적인 언어와 푸근한 미소가 리틀 부다였다.

오빠 같은 사람 그 어디에도 없다는
엄마의 말씀에 오빠는 아낌없이 다 주리라던 나무

어느 자리 어느 곳에서도
당당하고 기죽지 않는 누구에게든
착하고 존경이 되는 우리 오빠
늘 그 자리 지킴 해줘서 고마운 오빠

그림이 있는 풍경을 쓰다

상사화

내가 얼마큼 더 많이 그리워해야
너는 문을 열어 줄 수 있을까

밤마다 너를 생각하기도 미안할 정도로
하얗게 불 밝히며
피곤한 아침은 밤으로 색칠하고
아침이 없는 하루는 여전히 바쁜 걸음이다.

세상사는 일이 뭐 그리 바쁘고 정신없는가
기다리는 마음도 애타는 마음도
사랑하는 몸짓도 모두 허상이고 부질없음을
참회하면서도 잊지 못하는 그리움

결코, 나는 너를 사랑하지 않는다.

사랑은 잡히지 않은 바람일 테니
그 바람은 꽃이 진자리에 잎으로 피어나
그 누구의 가슴에 기억으로만 남는다.

제목 : 상사화
시낭송 : 박태임
스마트폰으로 QR 코드를 스캔하면
시낭송을 감상할 수 있습니다.

최선의 이별

나의 모든 만남은
나의 몸과 나의 정신을 살찌우게 한다.

가뭇없는 나는 깨달음을 밝으며
나를 찾는다.

너를 만남으로 해서 나를 만들고
그런 나는 이별을 연습하며
내가 선택한 사소한 일상들의 소통을
행복이라 말한다.

나는 너와 이별을 하기 위해 만나고
만나기 위해 이별을 한다.

우리 만남은 이별의 연속이다

여름은 가을을 만나기 위해
더 이상 고집을 피우지 않으며
가을나무는 겨울을 맞이하기 위해
더 이상 광합성을 하지 않는다.

이별은 흐름의 끝이 아닌 시작이며
인생 또한 끝이 없는 이별의 연속이다.

그림이 있는 풍경을 쓰다

가시고기

어미 없이 아이 둘을
아비 혼자서 돌봅니다.

어린 자식들 아침밥을 챙겨 놓고
바삐 마룻줄 올려야 하기 때문입니다.

세상 부딪힘이 각다분하더라도
아버지라서 견뎌냅니다.

철부지 어린 것들은 방파제에 나와
아비 돌아오기만을 까막까막 기다립니다.

어미 없는 빈자리 어린 것들은 등걸잠에
오늘도 밤바람과 동행하는 아버지는
집에 와서 그만 속바람을 일으킵니다.

검은빛 바다는 파도 하나 없이 만귀잠잠하고
성그레 한 달빛에 아비 마음은
거저 벙벙해집니다.

*뜻 풀이
속바람... 몹시 지쳤을 때 숨이 고르지 않고 몸이 떨리는 현상
각다분한... 일을 해 나가기가 매우 힘들고 고되다
등걸잠... 아무데서난 쓰러져 자는 잠 / 만귀잠잠... 모두가 잠자듯 고요함
마룻줄... 배의 돛을 달아 올리고 내리는 줄

가을이 떨어지면

깊어가는 가을날에 비가 떨어진다.

나뭇잎도 물들어 떨어지고
가을밤 하늘 별들도 떨어진다.

비 오는 가을밤은
외로운 나그네인걸.

갈 곳 몰라 그냥 멈춰 서 있다.

가을
누구를 위해
이토록 떨어지는 것일까?

가을은 비우기 위한 마음으로
겨울에게 겸손해지기 위해
모든 걸 떨어뜨린다.

떨어진다는 건
깊은 포옹을 원하기 때문이다.

가을이 너에게로 안긴다.

내 사랑 가을

맑고 고요한 오후
가을 선선한 바람을 앞세우고
촉촉이 젖은 낙엽을 밟으며
가을 여행을 떠난다.

붉은 단풍잎에 눈시울 글썽이며
마알간 하늘
투명한 햇살에
감격해온 감동은
가을 여인 치맛자락 휘감고 도는
계절의 아픔이더라

나의 가을은 젊음이요
또한 꽃 피는 가을이라
향기 진한 슬픈 소녀의 몸짓으로
가을 하늘 노을에 젖어든다

가을은 불혹의 계절
단풍과 새소리가 귀를 간지럽게 할 때
계곡에서는 물이 흐르고
버드나무뿌리 깊숙하여라

낙서

그녀 마음을 쓸어 담는다.
연필로 쓱쓱 쓰윽
삼원색을 적절하게 썩어
색을 입혀 주면
그녀의 낙서는 작품으로 탄생된다.

누군가의 기쁨이 될
손 짓
다섯 손가락의 움직임은
백지 위에서 쉴 틈 없이
그 누군가를 향하고 있다.

예술의 목마름과 갈증은
낙서 한 장으로 오아시스가 된다.

그림이 있는 풍경을 쓰다

적막한 밤을 소리 없이 씹어 삼키시며
썩지 않을 눈물로 하루를 재우고
말 없는 가르침은
늘 우윳빛깔을 닮으라 하였다

그림이 있는 풍경을 쓰다

가을의 소리

가을을 알리는 축제의 소리 들리는가?

여기저기서
빵빵 터지는 기쁨의 소리

학교운동장에서는 아이들 건강한 웃음소리
저 멀리 공원에서는 피리 나발 부는 소리
들녘에서는 곡식 여물어 가는 소리
작년 이맘 때 태어난 아가의
아장아장 세상을 걷는 소리

미용실에서 가을 여자가 되기 위해 염색하는 소리
찬바람 불청객인 알레르기로 코 훌쩍대는 소리

코발트 빛깔 검푸른 바다에서는 만선이다.

등산객들 옷 빛깔이 알록달록 단풍 들었다.

참새가 방앗간을 지나가며 인사하는 소리

가을 햇살 가을바람 가을 소리는
그 누구에게든 새살스럽게 굴지 않는다.

가을은 에너지가 되는 계절
행복의 소리 안다미로 채워서
내 사랑에게 전하리란다.

그림이 있는 풍경을 쓰다

할아버지와 손자

닮았다
뒷모습이 영락없이 닮았다
하얀 러닝셔츠와 알록달록 파자마
손자는 할아버지 손잡고 걷는다.

걷는 모습도 닮았다.

할아버지가 손자 눈높이를 맞추려고
더 낮게 앉아서 세상을 바라본다.

이제 걸음마 하는 손자
아장아장 걷는 품새가 세상 다 가진 듯하다.

앞으로 걸어갈 날이 많은 손자
이제껏 걸어온 걸음이 숨가빠 쉬고 싶은 할아버지
둘이 마주 앉아 웃음으로 하나 되어
동심으로 젊어지는 시간이다.

손자는 할아버지가 마냥 내 편이고
할아버지도 손자가 보물 중 보물이라
아낌없다.

할아버지 사랑 받아 먹고
손자 녀석 씨감자 두 개가 여물어간다.

그림이 있는 풍경을 쓰다

해바라기

말도 못하는 너에게
나는 네 앞에서는 수다쟁이가 된다.
어제 이야기 그리고 지금 내 마음
조잘조잘 떠들어대는 입술을 좋아하는 너이기에

너의 웃음 한 번 받으려고
나는 네 앞에서 어릿광대가 된다.
노래하고 춤을 추며
너를 위해 박수도 치며
너의 어린 기억을 행복으로 채워주기 위한
몸짓이다.

날 찾아온 너의 작은 향기는
솔솔바람을 통해 심장까지 물들어
선홍빛으로 콩닥콩닥 내 가슴 뛰고 있다
난 널 바라만 봤을 뿐인데
내 안의 신비한 힘이 가득 찼다.

제목 : 해바라기
시낭송 : 박영애
스마트폰으로 QR 코드를 스캔하면
시낭송을 감상할 수 있습니다.

단풍

막걸리 한 사발에 마늘종 하나
해는 중천에 걸려있는데
얼굴은 벌써 취기가 올라오나
발그레 붉어지는 얼굴빛이
단풍으로 붉게 물든다.
막걸리 한 사발 더 해서
너 한 모금 나 한 모금
더욱 취하는 가을 오후.
가을엔 단풍이 얼큰히 취해서
가까이, 가까이 아주 가까이
나에게로 온다.

그림이 있는 풍경을 쓰다

호수에 비친 소리 시

맑게 터져 나온 시 한편
또랑또랑한 낭송에 물결은 잔잔하다.

초록 빛깔 고운 향기로 전하는
시들의 축제가 열리는
바람도 해님도 쉬어가는 호숫가

초록 바람은 호수를 돌고 돌아
내 옆에 앉아 소리로 전하는 시를 감상한다.

내 손에서 나온 애기 바람도 덩달아
여름 호숫가 하늘에 걸린 시의
노랫소리를 듣고 있다.

자유를 향한 시들이
기지개를 켜며 여름 하늘에
비상을 꿈꾼다.

제목 : 호수에 비친 소리 시
시낭송 : 박영애
스마트폰으로 QR 코드를 스캔하면
시낭송을 감상할 수 있습니다.

자아(自我)

껍데기는 벗어버리고
파란 하늘에 나를 던지면
내 것이 아닌 나는 산속을 헤매고
내가 진정 갈망하는 것은 바다에 숨는다.

그림이 있는 풍경을 쓰다

바람꽃

한 영혼이 사랑하는 임 얼굴 비추려고
바르르 떨며 온몸을 흔들어 댄다
있는 힘껏 모두를 안아주고
잡히지 않은 그림자만 남기고 사라진다.

한 줌 흙으로 만들어져 다시 흙으로 부서지는 인생이다.

텅 빈 자리엔 은은한 달빛이 그리움 되어
하얀 국화 향기만이 작은 공간을 채운다

아주 끝없이 끝없이 먼 곳으로
자유에 겸손하고 침묵하며
넓게 날개를 펼치고
바람꽃 되어 날아갔다.

초록이 채 물들기 전에
밤하늘별이 되어버린 한 송이 바람꽃

딱 좋은 날이네

춥기를 할까
덥기를 할까
운동장에서 잔디밭에서 놀기
딱 좋은 날이네

엄마는 앞에서 끌어주고
아빠는 뒤에서 밀어주고
근심 걱정 하나도 없는
딱 좋은 나이네

배고프면 밥 주랴
추우면 옷 입혀주랴
잠 오면 재워주랴
엄마 품안의 아기 새는
세상 두려움 하나 없네

아아 좋아라
가을 하늘이 웃고
맞바람에 안기니
코스모스 날 보러 오라
몸짓이 가냘프네

그림이 있는 풍경을 쓰다

단풍이 아름다워(중년)

내 인생에 가을이 왔습니다.

울음소리와 함께 꽃은 피어났고
초록 이파리 무성할 때
푸른 하늘 한 번 못 보고
그냥 앞만 보고 달려온 지금
내 인생에 바람이 붑니다.
제법 차가운 바람이기에 옷깃을 여밉니다.
열매는 모두 떨어져 나가고
어느새 고은 빛깔 립스틱이 유혹합니다.
기어이 그 야릇한 몸짓에 빠지고 말았습니다.

단풍
꽃보다 아름답습니다.
곱게 피어난 가을 인생이 나를 비추니
색동옷 한번 입지 못한 내 그림자에게도
단풍색 입혀 볼까 합니다.

가을바람에 흔들리는 저 밤하늘 별빛도
초롱하여 내 가슴속 깊이 파고듭니다.

단풍 같은 사람과 사람이 엉켜져
외로움과 외로움이 추억 페이지를 채웁니다.

내 인생에 단풍이 물들고 있습니다.

미녀와 야수

검은색 커튼이 빛을 가리면
영화가 상영된다
관객도 조명도 감독도 없이
필름이 돌아간다.

얼굴 없는 야수는 밤 풀숲 헤매이다가
비로소 발견한 작은 샘터에 목을 축이고
그곳엔 미녀가 하얀 발을 씻고 있다.

손 떼 묻은 책갈피에
야수의 호흡이 살아 있고
야래향 가득 현기증으로 쓰러진다.

아, 내 임의 그림자
고요히 흘러 총총히 가슴에 머문다.
변함없이 미녀와 야수 이야기는
쉼표의 정적 속으로 옅어진다.

천일야화

밤이면 쓰는 이야기
그대에게 전하는 미소와 몸짓
신비의 모험 이야기들
아찔하면서 즐거움을 주는 밤의 이야기는
또 다음 날로 이어진다.

"왕이시여 그대는 기억하오
꿈과 모험 사랑과 웃음으로 안내한
지혜를 담은 여인의 천 하루 동안 이야기를"

달빛에 비친 여인의 그림자
단정한 몸가짐
밤의 고요함을 깨우는 말솜씨
동그랗고 초롱한 눈동자
앵두 같은 입술
비단결보다 더 부드러운 머릿결
이 여인에게서 시선을 떼지 못한다.

야릇한 미소 속에 감춰버린
천 하루 동안의 요염한 언어들은
그대 몸을 휘감고 천상의 세계를
돌고 돌아 쌓인 분노를 녹인 영원한 사랑이다.

그림이 있는 풍경을 쓰다

꽃 피는 시간

알람 소리에 깊은 잠에서 깨어나면
어제보다 조금 커 있는 아기의 키가 보입니다.

알맹이 하나를 꽃잎으로 잘 감싸며
그 누구에게도 상처가 되지 않도록
비바람 막으며 보살핍니다.

그 어린 열매가 토실하게
여물기를 바라는 마음으로
해 뜨기 전에 벌써 꽃을 피웁니다.

그 어린 것과 함께 있을 때
꽃은 가장 화려한 빛깔로 태어나고
꽃은 피어날 때
요란한 소리 내지 않습니다.

차마 미워할 수 없는 연두색 재롱에
엄마의 웃음 가득합니다.

어린 열매를 보며 하얀 미소 지을 때
최고로 아름답고 푸른
이 시간이 꽃 피는 시간입니다.

꽃은 피어날 때
꽃잎 떨어지는 것을 두려워하지 않습니다.

엄마는 아기를 품고 있을 때
가장 아름답습니다.
그 시간이 꽃 피는 시간이기 때문입니다.

그림이 있는 풍경을 쓰다

오이도 연가

참가리비 연탄불에 구워 먹던 바닷가
둑길 걸을 때
저 멀리 수평선 너머
하늘과 바다가 맞닿은 곳에서는
젊은 태양이 홍시 되어 벌겋게 익는다.

어둠은 바다를 휘감고
밤 별들은 내려와
빨간 등대에 불을 밝히면
나의 뜨거운 입술은
너의 차가운 가슴을 녹인다.

바다 시간을 가득 채워서
홍진주알같은 세계로 빠져들 때
우리의 사랑은 비로소 완성된다.

겨울 아이

겨울은 인생의 노년기가 아니다.
겨울은 동심의 세계로 빠져드는
젊음의 계절이다.

아이들은 겨울에 절대 춥지 않다.
아이들은 겨울에 웃음이 얼지 않는다.
아이들은 겨울에 나눔이 좋다.
아이들은 흰 눈을 닮았다.
아이들은 눈꽃을 제일 좋아한다.

겨울 아이는 절대 울지 않으며
사랑하고 용서할 줄 안다.
겨울 아이는 미래를 준비하며 부지런하다.
겨울 아이는 따뜻한 삶의 불씨이다.
아이들 세상은 겨울에 피어난다.

그림이 있는 풍경을 쓰다

내 사랑은 내 남편

내 인생에 무덥고 힘든 날
그늘을 찾겠다고
높은 하늘 바라보며 한숨지을 때
이파리 넓게 펴주며 보듬어주는
사랑이 있습니다.

세상 살면서 나에게 찾아온 큰 사랑은
편안하고 고마운 휴식처였고
작은 미소에 마냥 가슴이 뛰어
하루가 행복해지는 공기 같은 사랑
그 사랑이 있기에 오늘도 행복합니다.

내 사랑은 늘 가까운 곳에서
우리 가족과 나를 지켜 주며
형언할 수 없는 큰 사랑을
감미로운 목소리로 외쳐 줍니다.

내 남편
내 사랑은 오늘도 행복한 그늘을 만들어 줍니다.

가을 한잔 하실래요?(시흥 갯골축제)

옷깃 여미게 하는 바람이
파라솔 아래로 몰래 들어와
내 뜨거운 커피의 온기만을 훌쩍 마시고
벗하자며 내 옆에 붙어 있다.

행인들의 발걸음을 보며
간혹 물어오는 그들에게
시흥 갯골축제가 시작되었다고
작은 입김으로 홍보한다.
시흥에는 생명이 살아 숨 쉬는 엄마의 바다
썰물에 물이 빠지면 조개, 낙지, 주꾸미, 짱뚱어
밀물에 물이 꽉 차면 고깃배들 넘실거리고
빨간 등대 앞으로 모여드는 연인과 갈매기떼
낙조에 넋이 나가는 서해바다를
품고 있는 아름다운 도시다.

시흥시의 엄마 바다 생태공원이 숨을 쉰다
해마다 열리는 시흥의 축제
많은 사람의 관심과 사랑으로
들판에 곡식이 꽉 들어찬 것처럼
알찬 가을을 채워 마신다.

그림이 있는 풍경을 쓰다

기분 좋은 바람이 내 가슴에

오,
제법 달큰한 바람이 불어옵니다.
살갗에 닿는 이 가을 느낌의 바람이
얼마나 좋은지
그냥 가만히 있는데 기분이 좋아집니다.
깊은 여름 한 귀퉁이에서
가을 여린 바람이 얼굴 내미니
아니 예쁠 수가 없습니다.

살랑살랑 불어오는 이 비단결 같은 바람은
마치 우리 할머니 부채 바람 같아서
옛 생각에 잠기게 합니다.

나뭇잎도 깃발도 흔들림 없는데
내 가슴에만 닿는 기분 좋은 바람
책장을 절로 넘기게 하니
이 시간 이대로 이 기분만 같았으면....

사랑

당신은 사랑을 아시나요?

옆에 있어도 보고 싶고
유혹하고 싶지 않은데
향기 내며 유혹하려는 마음은
꽃과 같은 마음입니다.

꽃은 사랑을 배우지 않았지만
사랑할 줄 알아요.
꽃이 꿀벌을 유혹하려고 치맛자락 펼치는 것처럼
나도 행복한 오늘을 유혹하려고 당신에게 안깁니다.

당신은 이 세상 무엇과 바꿀 수 없는 소중한
나만의 보물입니다.
당신 호흡에 살아가는 품안 꽃들의 미소를 보며
당신은 위풍당당하게 날아오르세요
당신이 최고입니다.

위로가 되고 힘이 되는 관계가 사랑입니다.

그림이 있는 풍경을 쓰다

길이 없는 곳에
길이 있는 것처럼
어제의 태양이 오늘 그대로 떠오르는 것에
환희의 웃음을 내일로 이어질 수 있도록
행복을 어루만진다.

벙어리장갑

봄, 여름, 가을 동안
서랍 속이 얼마나 답답했는지
벙어리장갑은 첫눈과 함께
아이의 마음이 되어
이 세상을 그 안에 모두 담고
하얀 세상을 만든다.

동글동글 눈덩이를 굴려
겨울 친구 눈사람을 만들고
찬바람 불어오는 날엔
따뜻한 벗 되어
겨울 이야기로 자리 잡는다.

어린 벙어리장갑 속으로
용기를 다짐하는 주먹 두 개는
세상 두려울 것도 없이 당당하다.

사랑한다는 말 한마디 못하는
벙어리장갑은
밤이 깊어지는 오늘도
꿈꾸는 겨울 아이로 동심을 전한다.

그림이 있는 풍경을 쓰다

도전해요

꿈은 꾸는 거야 한 발 두 발
고민 말고 달려가요
학교로 직장으로 학원으로 시장으로
오늘도 바쁘네요

인생이란 사랑으로 뭉쳐
아름다운 삶이 되고
희망으로 함께해요
슬픈 일도 힘든 일도
우울함도 괴로움도
훌훌 털고 일어나요

당신의 향기 가득한 곳으로
이 세상을 바꿔봐요
당신의 느낌 가득한 곳으로
이 세상을 즐겨봐요

도전해봐요. 도전 나와 함께 도전해요
도전해봐요. 도전 이 세상을 바꿔봐요

도전해봐요. 도전 우리 함께 도전해요
도전해봐요. 도전 이 세상을 바꿔봐요

당신은 겨울입니다

생크림을 듬뿍 발라서 커피와 함께
아침을 여는 당신은 겨울입니다.

하얀 눈보라 속에서 피어나는 꽃은
나의 체온 속으로 아련히 스며들어와
당신은 내가 됩니다.

눈꽃다발은 향기 없는
하얀 깃 세우며 푸른 날을 새롭게 더듬는
참 아름다운 사람입니다.

달빛은 차가워지고
당신 가슴에선 뜨거운 눈물이
12월의 연가를 부릅니다.

하얀 청춘을 무지개보다도 더 곱게
수놓을 줄 아는 당신
겨울에 피어나는 꽃입니다.

그림이 있는 풍경을 쓰다

당신과 나 사이

바람이 숨을 쉽니다.
당신과 나 사이에서
새싹이 자라고 웃음과 행복이
가끔은 파도처럼 밀려오는 슬픔도
올망졸망 피어납니다.

당신과 나 사이 바람 하나가
밥상 앞에 앉아서
수저질을 하며 하얀 밥을 떠먹고
당신과 나에게 희망이 되는
이 바람은 존재 이유입니다.

당신과 나 사이에 바람이 있어
오늘 태양이 눈부시고
새싹은 열매를 맺고
또 사랑은 익어갑니다.

시인들의 수다
(시가연에서 송년회)

달콤한 언어와 매혹적 몸짓이
술잔에 부딪혀보겠다고 아우성이다.

한 잔 술에 반가움이 짠
두 잔 술에 우정이 새록
석 잔 술에 노랫가락이 절로 난다.

부딪히는 술잔 속에
녹아나는 시어들이 얼큰히 취해
비틀거리며 집으로 향하는
발걸음이 한 페이지를 넘긴다.

오늘 미처 나오지 못한 수다들은
가로등의 불빛으로 쏟아져
고단한 하루가 겨울밤 솜이불에 숨는다.

내일은 어떤 시어를 늘어놓을지
시인은 깊은 꿀잠에 빠져든다.

그림이 있는 풍경을 쓰다

사랑한다는 것은

초저녁 별들이 일찍 잠든 날
난 너에게 사랑을 전한다.

사랑한다는 것은
너의 웃음과 너의 눈빛과 너의 몸짓이
허공에 맴돌다가
내게로 스며드는 것이다.

겨울 등대를
희망과 설렘으로 노래하다가
파도를 잠재우고 수평선을 한없이 바라본다.

사랑한다는 것은
바다처럼 깊고
하늘처럼 넓고
아침이슬처럼 영롱한 빛이며
끝없이 동행하는 것이다.

나의 벗
나의 스승
나의 최고
그대는 나의 모든 것

가을비

내 마음 몰라주는 그 님이 밉습니다.
미워서 떠나려 뒷모습 보이지만
가슴을 울리는 스산한 바람 소리에
그 님이 가여워집니다.
가여워진 마음은 순한 마음으로 채웁니다.

세월 따라 익어가는 추억의 알맹이들이
톡 톡 터져서 겉껍질에서 나오려
찢어지는 살갗이 너무 아픕니다.
눈물 속에서 진주를 품는 가을비입니다.

아직도 눈가에 물기가 가시질 않아
서러움에 가을 달빛이 희미합니다.

가을비에 젖은 바다는 한마디 말도 없이
이 밤을 하얗게 지새웁니다.

세월

나이와 약 봉투가
어깨를 나란히 한다
한 살 한 살 먹을 때마다
함께 늘어나는 알약

바람이 불어오면
뻥 뚫린 가슴으로 들어서는
통증이 세월을 원망케한다.

컨디션 조절하기 위해
먹어야 하는 진통제 한 알에
하루를 통째로 의지한다.

왜 세월은 모든 걸 늙고 병들게 하는가!
서럽다, 서러워
가는 세월 속에 아파해야 하는 젊음이

오늘도 나는 젊고 젊다지만
그건 단지 작은 불씨일 뿐
알고도 속는 세월의 장난 속에
그래도 아프지만 않으면 좋으련만

"세월아 나의 작은 바람이다
그냥 흘러만 가다오."

결혼기념일

시월
결혼을 세일 합니다.
예쁘고 멋진 신랑 신부는
젊음을 싣고 가을 완행 기차에 오르세요.
인생 여행이 시작 됩니다.

청명한 날 10월11일
결혼을 사온지 어느덧
20주년. 우리의 젊음이 가을 단풍 들듯
아름답게 물들어 갑니다.

아들딸
각 한 셋트 사랑 열매를 선물로 받았고
꽃과 벌이 있는 작은 정원에서
기쁨, 슬픔 즐거움과 환희의
물을 뿌리며 삶을 디자인합니다.

결혼은 시작입니다.
결혼은 나이를 떠나 청춘입니다.
하나가 하나를 만나
서로 버팀목이 되어 기댈 수 있다면
그것으로 행복입니다.

나는 늘 기차를 타고 여행을 합니다.

그림이 있는 풍경을 쓰다

강사랑 시집

초판 1쇄 : 2016년 12월 20일

지 은 이 : 강사랑

펴 낸 이 : 김락호

디자인 편집 : 이은희

캘리그라피스트 : 임성곤

기 획 : 시사랑음악사랑

인 쇄 : 청룡

연 락 처 : 1899-1341

홈페이지 주소 : www.poemmusic.net

E-Mail : poemarts@hanmail.net

정가 : 12,000원

ISBN : 979-11-86373-60-6